C'est Halloween!

Les Cr

J. Cole et S. Calmenson
Lynn Munsinger
traduit de l'anglais (U.S.A.)
par Dominique Mathieu

**Père Castor
Flammarion**

1. Fais-moi peur !

Dring ! Dring !

Le téléphone sonna de bonne heure
pour un samedi matin.

–Je prends ! s'écria Marie.

Elle savait que c'était Flora.

Marie et Flora étaient inséparables.

Quand elles n'étaient pas ensemble,

elles passaient leur temps au téléphone.

–Allô ? dit Marie.

–Hou ! hou ! fit une voix.

–Oh, tu m'as fait peur !

– Prends garde! Je suis le fantôme
de l'immeuble voisin!

– Oh! là, là! J'en frémis d'horreur!

– Hé bien quoi! Je pourrais bien être
un fantôme, répliqua Flora
en reprenant un ton normal.
C'est bientôt Halloween!

– C'est vrai! Et on n'a toujours pas
réfléchi à nos déguisements.

– Retrouve-moi en bas, dit Flora.

– J'arrive, répondit Marie.

Flora et Marie habitaient
toutes les deux au sixième étage,
dans des immeubles mitoyens.
Six, cinq, quatre, trois, deux, un!
Les Croco-filles se précipitèrent
dans la rue au même instant.

–Il nous faut des costumes uniques,
dit Marie, des tenues que personne
n'a jamais imaginées.

–Tu as raison. Tu as une idée?

–Et si on faisait des costumes qui vont
ensemble? Tiens! On pourrait jouer
Moutarde et Ketchup!

–Berk! Je déteste la moutarde!
Pourquoi pas Crayon et Gomme?

–Gomme cette idée-là. On peut
trouver mieux.

–Tu as raison, dit Flora.

Les Croco-filles réfléchissaient.
Elles se frottaient le menton
en tapant du pied.

Swish! Swoosh! Deux skate-boards
passèrent à toute vitesse.
C'étaient Valentin et César.
– À quoi vous jouez, les Croco-folles?
lança Valentin.

Il décrivit un large cercle et vint
stopper net devant les deux filles.
– On vous entendait taper du pied
de l'autre bout de la rue, leur dit César.

—Nous réfléchissons, dit Marie. Ça ne doit
pas vous arriver très souvent, à vous deux.
—Ah bon ! Vous réfléchissez
avec les pieds ? Vous ne risquez pas
d'y voir très clair, dit Valentin.
—Surtout, ne répondons pas,
dit Flora à Marie.

À cet instant, Clara les rejoignit.
C'était la voisine des Croco-filles.

– Salut la compagnie ! Je ne peux pas
rester. Je vais chez mon père.
Mais je reviendrai à temps
pour le concours.

– Quel concours ? demanda Flora.

– Le concours de déguisements
pour le défilé d'Halloween, tiens !

Et Clara s'en alla, laissant Marie,
Flora, Valentin et César
à leur méditation. Il fallait réfléchir
à ce concours sérieusement.

2. Quels costumes?

Valentin se leva brusquement.

–Je viens d'avoir une superbe idée
pour mon costume. On va bien rigoler
quand j'aurai gagné le concours.

–Quand je l'aurai gagné moi, tu veux
dire, répliqua César. Parce que j'ai,
moi aussi, une idée, mais alors géniale.

Les deux garçons se chuchotèrent
quelque chose à l'oreille.

– C'est d'accord, on va gagner
tous les deux ! conclut Valentin.

Marie et Flora échangèrent
un regard entendu. Elles n'allaient
tout de même pas se laisser distancer.

– Désolée, lança Flora. C'est nous
qui allons gagner.

– Mais vous pourrez être les premiers
à nous féliciter, ajouta Marie.

– Tu rêves ! Ce sera à vous
de nous féliciter ! répondit César.

– Tu peux toujours courir ! Nous,
on a déjà commencé nos déguisements !
Ils sont super originaux,
pas vrai Marie ?

Son amie hésita une seconde.
– Bien sûr ! Personne n'a jamais rien
vu d'aussi beau !
– Il est temps de partir, dit Flora.
Nous devons finir nos costumes.
– Les costumes gagnants !
précisa Marie.

Les deux amies s'en allèrent
bras dessus bras dessous,
le museau en l'air, dédaigneuses.

—Quels costumes? chuchota Marie, après quelques pas. Est-ce que tu as au moins une vague idée de ce qu'on va porter?

—Pas la moindre, lui souffla Flora. Allons où-tu-sais.

—Voir qui-tu-sais! conclut Marie.

Les Croco-filles se ruèrent en direction du salon de voyance de Madame Lulu. Elles avaient besoin d'aide... de toute urgence!

3. Drôles de prédictions

Marie et Flora se tenaient devant la porte de la voyante.

– Je compte jusqu'à trois et on entre en même temps, dit Flora.

Chez Madame Lulu, on aurait dit que c'était Halloween tous les jours. L'intérieur du salon était sombre et lugubre, et les Croco-filles avaient toujours un peu peur d'y entrer.

– Un, deux, trois !

Mais elles restèrent immobiles.

Ting! Marie et Flora entendirent
un bruit familier de bracelets.
Madame Lulu s'approchait.

– Entrez, entrez, vous qui cherchez
fortune, ordonna d'une voix rauque
la diseuse de bonne aventure.

Les deux amies se tenaient
par la main.

Quel bon vent vous amène?

– On… on aimerait connaître l'avenir,
dit Flora.

– On voudrait savoir comment
on va se déguiser pour Halloween,
et si on va gagner, ajouta Marie.
Est-ce que vous pouvez nous aider?

– Ça se peut, dit la voyante
en tendant la main.

Marie et Flora y déposèrent
chacune une pièce.
Madame Lulu glissa l'argent
dans sa poche. Cling ! Cling !
Elle observa sa boule de cristal.
– Je ne vois que les ténèbres...
En fait, je ne vois rien du tout.
– Euh... dit Flora, c'est votre voile
qui vous recouvre les yeux, je crois.
– Tu as raison, s'exclama
Madame Lulu en relevant son voile.
Ah... voilà qui est mieux... Je vois
des alligators déguisés, et une parade.
– Waouh ! C'est la parade d'Halloween !
s'exclama Marie. C'est incroyable !
Est-ce que vous nous voyez, nous ?
En quoi sommes-nous déguisées ?
– C'est qu'il y a beaucoup de monde.

–Nos costumes vont ensemble,
nous allons former une paire.

–Ah oui! s'écria Madame Lulu.
Je vois des chaussettes!

–Pouah! Bonjour l'odeur!
répliqua Marie. Vous ne voyez
rien d'autre?

Madame Lulu se pencha
de nouveau sur sa boule de cristal
en fronçant les sourcils.

–Désolée, mais l'obscurité retombe,
dit-elle en tendant la main.

Marie et Flora lui donnèrent
deux nouvelles pièces. Cling! Cling!

–Mmm, voilà qui est mieux.
Je vois à présent une balle
et une batte de base-ball.
–Ce n'est pas nous, ça. Nous on n'aime
que le football, dit Flora.
–Je vois une tasse et une soucoupe…
Hé, ça tombe bien, s'écria Madame Lulu
en se levant. C'est l'heure du café !
–Mais on ne sait pas encore
ce qu'on va porter ! protesta Flora.
–Oh, ne vous inquiétez pas, vous avez
toujours de très bonnes idées.
Fiez-vous à la chance ! Osez !

–On a encore une question ! s'écria
Marie. Est-ce qu'on va gagner ?
–Vous gagnez toujours, les filles, lança
Madame Lulu en se servant du café.

La consultation était finie.
Les Croco-filles ressortirent au soleil.
–Madame Lulu est sûre qu'on va
gagner ! s'écria Marie. C'est trop cool !
–Tout ce qu'il nous reste à faire,
c'est de trouver nos costumes !

4. Une idée du tonnerre

Les Croco-filles retournèrent déjeuner chez Marie. Chemin faisant, elles aperçurent une drôle d'affichette :

ON A PERDU LOULOU !

SI VOUS LE VOYEZ,
APPELEZ LE
01-12-33-59-45

– Oh ! Il est si mignon !

– Il doit être terrifié, dit Marie.
Essayons de le retrouver en chemin.

21

Les deux amies regardèrent
partout, mais en vain.

Elles rentrèrent bredouilles.

– Qu'est-ce que vous comptez faire
cet après-midi, les filles ? demanda
le père de Marie.

– On va confectionner nos costumes
d'Halloween, dit Flora. Le problème,
c'est qu'on ne sait pas encore
en quoi se déguiser.

– On y a pensé toute la matinée.

– Vous y pensez peut-être un peu trop,
suggéra la maman de Marie. Faites
donc autre chose. On ne sait jamais :
une idée, ça peut venir par hasard.

– On peut toujours essayer, dit Flora.

– Viens, dit Marie. On va faire
une partie de Joyeux Lézards.

Elles s'installèrent dans la chambre de Marie, et jetèrent les dés pour voir qui commençerait. C'était Marie. Elle avait fait le chiffre le plus fort.

– Veinarde ! lui dit Flora.

Marie souffla sur les dés.

– Allez, les dés, portez-moi chance encore une fois !

Elle les fit rouler sur la planche.

– Sept ! s'écria Marie.

Elle avança son pion et lut les instructions : *Prenez une carte.* Marie s'exécuta. La carte indiquait : *Fiez-vous à la chance.*
Jetez les dés une seconde fois.

– Waouh ! Tu n'as rien remarqué, Flora ? C'est précisément ce que nous a dit Madame Lulu.

–Elle nous a dit aussi d'oser,
dit Flora. Elle voulait sans doute
nous proposer de nous déguiser en dés.
–Mais bien sûr! Madame Lulu est
vraiment géniale!
–Nous aussi, puisqu'on a tout compris!

Ravies, les Croco-filles se félicitèrent
mutuellement.

– Nos costumes seront faciles à faire.
Il nous suffit de trouver
deux grosses boîtes de carton
et de la peinture, dit Flora.

La maman de Marie avait justement,
au fond d'un placard, deux cartons.
Elle aida les filles à y creuser
des ouvertures pour les bras, la tête
et la queue.

– Allons chercher de la peinture
chez Michel-Ange, proposa Marie.

–Je n'arrive pas à y croire, dit Flora.
Dire qu'on a raconté à Valentin
et à César qu'on avait presque fini
nos costumes et là, tout à coup,
c'est vrai !

Les deux amies s'engouffrèrent
dans l'ascenseur. Six, cinq, quatre,
trois, deux, un ! Les voilà parties.

5. Du blanc
et du noir...

Quelques instants plus tard,
les Croco-filles étaient devant
la porte du magasin de Michel-Ange.
L'affiche du lézard y était accrochée.
– N'oublions pas qu'on doit chercher
ce pauvre Loulou, dit Flora en entrant.
Bonjour monsieur Michel-Ange.
Il nous faut de la peinture noire
et de la peinture blanche,
s'il vous plaît.
– C'est pour nos déguiscments
d'Halloween, précisa Marie.

–Vous allez vous déguiser
en pingouins ? demanda Michel-Ange.

–Non. C'est une surprise, dit Flora.

–Alors je n'essaye pas de deviner.

Michel-Ange s'éclipsa
dans l'arrière-boutique.

–Il a l'air triste, tu ne trouves pas ?

–Oui, c'est vrai. Je me demande
ce qui ne va pas.

La porte s'ouvrit brusquement.
Valentin et César se précipitèrent
dans le magasin.

Au même instant, Michel-Ange
revenait avec les pots de peinture.

–Bonjour monsieur Michel-Ange.
On voudrait de la peinture rouge,
rugit Valentin. C'est pour nos costumes
d'Halloween.

–Vous vous déguisez en quoi,
en pommes? demanda Michel-Ange.

–Non, dit César. C'est une…

–Oui, je sais. C'est une surprise,
dit Michel-Ange. Ne bougez pas.
Je vais chercher votre peinture.

Pendant qu'il regagnait l'arrière-boutique, César se tourna vers Valentin.

– Regarde-moi ça : les Croco-folles ont pris du noir et du blanc. Vous allez vous transformer en dalmatiens ?

– Non, dit Flora.

– En poivre et sel, alors ?

– Non plus, dit Marie. Vous ne trouverez jamais.

– Vous devinerez encore moins nos déguisements. Même si vous cherchez des années !

– Ne t'inquiète pas. On n'y songera même pas une seconde.

– Au revoir monsieur Michel-Ange, lancèrent Flora et Marie en sortant.

—Salut, les zèbres ! répliqua Valentin.

—On ne fera pas les zèbres, dit Flora.

—Adieu, journaux ! renchérit César.

—On ne va pas se déguiser
en journaux non plus, dit Marie.
Ce n'est pas la peine d'essayer,
vous ne devinerez jamais !

Les Croco-filles se dirigèrent alors
vers la porte et elles sortirent.

6. Où est Loulou?

Les deux amies retournèrent
chez Marie. Là, elles peignirent
les cartons en blanc.

—Bon, on fait les points maintenant!
dit Marie.

—Pas encore! Il faut attendre
que le blanc sèche, sinon ça va baver.
En attendant, on va chercher Loulou!

Six, cinq, quatre, trois, deux, un!
Les Croco-filles firent irruption
dans la rue.

– Toi, tu vas de ce côté, moi, je vais par là, dit Marie. En nous séparant, on aura plus de chances de le trouver.

Marie remonta la rue par la gauche. « Où est-ce que je me cacherais si j'étais un lézard ? Je sais… Je m'abriterais quelque part. »

Tout en marchant, Marie souleva tout ce qui pouvait servir de cachette. Pas de lézard !

Flora, elle, était partie à droite.

–Si j'étais un lézard, je me cacherais
en hauteur, se dit-elle.

Elle leva la tête et observa les branches
des arbres. Elle ne vit que des écureuils.

Boum ! Marie et Flora tournèrent
et se rencontrèrent brutalement.

–Aïe ! Tu l'as trouvé ? demanda Flora
en se tâtant le menton.

–Ouille ! Non, pas encore, dit Marie
en se frottant la tête.
Cherchons ensemble.

Les Croco-filles remontèrent la rue.

–Je vois du rose et du violet! s'écria
Marie en courant devant.

Flora se lança à sa poursuite:

–Est-ce que c'est Loulou?

–Non, c'est un pot de fleurs, dit Marie.
Mais ce sont les bonnes couleurs.

–On devrait s'arrêter un peu.
Nos costumes sont sûrement secs
maintenant.

De retour chez Marie, les Croco-filles
peignirent les points noirs.

–Il ne nous reste plus qu'à attendre,
maintenant, dit Flora. J'ai faim !
–Allons dans la cuisine, alors. Il faut
s'entraîner à rouler, si on doit jouer
les dés.

Et elles se mirent à faire des galipettes.
–Arrête ! dit Flora. On n'arrivera
jamais à avancer comme ça, empêtrées
dans nos gros cartons.
–Alors il faudra faire la roue.
–Bonne idée. Un, deux, trois… partez !

Les deux amies firent la roue
jusque dans la cuisine. Le père
de Marie y préparait du pop-corn.
–Bravo, les acrobates ! s'exclama-t-il
lorsqu'elles se retrouvèrent assises
à table. Et les costumes, ça avance ?

– Très bien ! Formidable ! Parfait !
dit Flora.

– Ils sont encore humides, dit Marie.

– Tenez, prenez du pop-corn
en attendant qu'ils sèchent.

Le temps de vider le bol,
les costumes étaient prêts
pour la fête d'Halloween.
Les Croco-filles aussi.

7. Pas question d'être en retard

Marie et Flora avaient cherché Loulou toute la semaine.

Elles avaient vu un tas de choses rose et violet, mais pas de lézard.

Ding dong! Le jour d'Halloween, on sonna chez Marie.

–C'est déjà l'heure des bonbons? demanda sa mère en allant ouvrir.

–Non, c'est moi! dit Flora en entrant. Il faut qu'on se dépêche. On ne peut pas arriver en retard à la parade!

Les Croco-filles revêtirent
les costumes. Il y avait quatre points
sur le devant du costume de Flora,
six sur celui de Marie.

– Six plus quatre égal…

– Un dix sur dix ! s'écria Flora.
On est vraiment les meilleures !

– Et on est à l'heure, dit Marie.

Les Croco-filles sortirent
dans la rue. Là, elles virent partout
des gens déguisés.

–J'aime trop Halloween! s'écria Marie.

–En plus, on va gagner le concours…
C'est Madame Lulu qui l'a dit!

–Et jusqu'à présent, elle ne s'est
jamais trompée.

Les Croco-filles s'arrêtèrent
soudain à l'angle d'une ruelle.

–Est-ce que tu vois ce que je vois?
demanda Flora.

–Tu veux dire ce petit museau rose
et violet qui dépasse de cette fissure?

–C'est Loulou! On le ramène!

– Mais on va rater la parade ! On peut
toujours revenir le chercher plus tard.
– On risque de ne plus le retrouver.
– Très juste ! On ne peut pas le laisser,
dit Marie.

À l'approche des deux amies,
Loulou rentra brusquement
à l'intérieur du trou. Marie courut
cueillir une feuille sur une branche.
– Il a peut-être faim, dit-elle,
en agitant la feuille devant la fissure.
– Il ne bouge pas, dit Flora.
Si ça continue, on va rater le concours !
– Allez, Loulou, sors !

Le lézard s'avança un peu.
– Waouh ! On dirait qu'il reconnaît
son nom ! dit Marie.
– Viens Loulou ! Loulou ! Loulou !

–Allez, Loulou! Encore un tout petit pas de lézard, dit Marie.

Loulou sortit brusquement et grimpa sur la tête de Marie.

–Regarde où il est allé se percher, dit-elle, en faisant de son mieux pour ne pas bouger.

Loulou lui lécha le museau.

–C'est le coup de foudre! s'exclama Marie.

–Je voudrais qu'il vienne me voir! dit Flora.

Au même instant, Loulou se jucha
d'un bond sur l'épaule de Flora.

– Bravo, mon petit lézard!
s'écria-t-elle.

– Hé! Il faut vraiment
qu'on se dépêche, maintenant!

– Mais qu'est-ce qu'on fait de Loulou?

– On l'emmène avec nous, dit Marie.
Loulou, on t'invite à la parade
d'Halloween!

8. Félicitations !

— **O**n a vraiment de la chance d'avoir retrouvé Loulou, dit Marie.

Le lézard était maintenant perché sur son épaule.

—Et en plus, on va gagner le concours! affirma Flora en le caressant.

Devant elles, une sorcière avec un grand chapeau pointu et un balai de fagots se tenait sur une plate-forme, entre un fantôme et un lutin. Ils avaient chacun un trophée.

–Et voici le gagnant du premier prix,
dit la sorcière. J'ai nommé…
le Ballon de Basket !
–Le premier prix ? On a raté
le concours ! dit Marie.

Le ballon de basket bondit
sur l'estrade, au milieu
des applaudissements.
–Pour rebondir comme ça,
c'est sûrement Clara, dit Flora.

La sorcière tendit au ballon
une statuette en forme
de citrouille.

Ting ! Ting !

–Tu entends ces tintements ? dit Flora.

La sorcière, c'est Madame Lulu !

À cet instant,

le ballon de basket prit la parole.

–Ça vous dirait d'entendre

une blague d'Halloween : quel est

le comble pour un vampire ?

–Je donne ma langue au chat,

dit Madame Lulu.

–Se faire du mauvais sang ! répliqua

le ballon.

–Plus de doute, soupira Marie.

C'est bien Clara.

–Comment peut-elle décrocher

le premier prix ? Madame Lulu a

prédit qu'on gagnerait.

Pin-pon! Pin-pon!

Un camion de pompiers fit irruption
au milieu de la foule.

– Nous voici! s'écria la partie avant
de la voiture de pompiers.

– Vous pouvez nous remettre le prix,
à présent, affirma la partie arrière.

– Valentin ? César ? C'est vous ?
demanda Flora.

– Absolument pas, répondirent à l'unisson
les deux moitiés du camion de pompiers.

– Hé bien, de toute façon, vous arrivez
trop tard, les ploucs ! dit Marie.

Clara vient de remporter le premier prix.

Soudain un cri de joie s'éleva
dans la foule.

– Loulou ! C'est mon Loulou chéri !

Les têtes de Valentin et de César
surgirent hors du camion
de pompiers, tandis que la foule
se retournait pour voir qui avait crié.

9. Farces ou friandises!

C'était Michel Ange.

Il s'avança précipitamment, prit
le lézard et le serra contre lui.

– Tu m'as tant manqué, mon Loulou.

– Il est donc à vous, ce lézard?
lui demanda Marie.

– C'est pour ça que vous aviez l'air
si triste! dit Flora.

Loulou, ravi, s'installa sur l'épaule
de Michel-Ange.

—Comment l'avez-vous retrouvé ?

—Oh, ça nous a pris du temps.
C'est pour ça qu'on est arrivées
en retard à la parade, dit Flora.

—Si je comprends bien, vous avez raté
le concours à cause de mon Loulou.
Et à cause de moi !

—Ça en valait bien la peine, dit Marie.

—On adore Loulou. Il va
nous manquer, ajouta Flora.

—Hé bien, vous viendrez lui rendre
visite, proposa Michel-Ange. Je suis
souvent très occupé dans le magasin,
et je crois que Loulou s'y ennuie
tout seul.

—Oh, on aimerait bien ! dit Flora.
On pourrait lui donner à manger !

—Et lui faire faire sa promenade.

–J'aimerais vous récompenser,
toutes les deux… dit Michel-Ange.
Tiens ! Et si je vous donnais
des cours de dessin ?
–Ouais ! Ce serait trop cool !
Loulou pourra nous servir de modèle,
et les leçons remplaceront le prix !
–Madame Lulu avait bien dit
qu'on était des gagnantes ! dit Flora.
–Et jusqu'à présent, elle ne s'est pas
trompée.

Ding dong! La sonnette retentit
un peu plus tard dans le salon
de voyance de Madame Lulu.
– Qui est là? demanda-t-elle.

Madame Lulu écarta le rideau
de perles et se retrouva face
à une paire de dés, une voiture
de pompiers et un ballon de basket.
– Farces ou friandises! s'écrièrent
cinq voix à l'unisson.

Madame Lulu distribua
des bonbons à chacun et sortit
sa boule de cristal.
– Qu'est-ce que vous voyez? demanda
Valentin.
– Est-ce qu'il y aura des farces?
demanda Marie.

Madame Lulu consulta sa boule.

—Non, je ne vois pas de farces
pour ce soir. Il n'y aura
que des friandises…
Alors : Joyeux Halloween !

Le camion de pompiers actionna
sa sirène, le ballon de basket rebondit
de-ci de-là, et les dés se mirent
à dévaler la rue en faisant la roue.